SCÈNES

DE PARIS.

8° 2

4 Jenne

5047

Alexandre Tardif.

PARIS. — IMPRIMERIE DE CASIMIR,

RUE DE LA VIEILLE-MONNAIE, Nº 12.

SCÈNES

DE PARIS.

Brièveté, variété.

PARIS.

GUÉRY ET Cie, LIBRAIRES,

BOULEVARD DES ITALIENS, Nº 21.

—

1829.

LE
CARNAVAL.

Momus agite ses grelots.

DÉSAUGIERS.

PERSONNAGES.

JULIEN , Parisien.

ANATOLE , Rouennais.

Un Domino noir.

Un Domino rose.

LE
CARNAVAL.

SCÈNE I.

Un salon de restaurateur.

JULIEN et **ANATOLE**, *à table.*

JULIEN.

Eh bien, mon cher Anatole, dîne-t-on
mieux au *Café de Paris* que chez ton restaurateur de la rue Thouret, à Rouen?

ANATOLE, *un peu gris.*

Oui, oui.... la vie est excessivement agréable avec du Champagne et de petits biscuits.

JULIEN.

Ah çà, tu as bien dîné, moi aussi, tu vas payer ; ensuite nous irons aux Variétés, voir Odry dans *l'Ours et le Pacha.*

ANATOLE.

Ah ! mon ami, que de plaisirs à la fois !

(Ils se lèvent.)

JULIEN.

Cela ne peut pas être autrement ; tu es de province, moi de Paris, et je veux te bien faire les honneurs de la capitale (*à part*) avec ta bourse.

ANATOLE.

Bien obligé.

JULIEN.

Il faut surtout que tu te souviennes du carnaval de 1829.

ANATOLE.

Je ne demande pas mieux, moi ; d'abord il

n'y a pas à dire, il faut que je m'amuse...... Je vais payer le dîner.

JULIEN.

Oui, Anatole.... c'est très-bien.

SCÈNE II.

Le foyer de l'Opéra.

ANATOLE, DOMINOS NOIR, ROSE, BLEU, BLANC.

LE DOMINO ROSE, *à Anatole.*

Je te connais, toi.

LE DOMINO BLEU, *au même.*

Je te connais, toi.

LE DOMINO BLANC, *au même.*

Je te connais, toi.

ANATOLE.

Voilà des connaissances bien agréables....;
mais elles disent toutes la même chose.......
C'est l'usage sans doute.

LE DOMINO NOIR.

Monsieur Anatole !

ANATOLE.

Qu'est-ce que c'est ?

LE DOMINO NOIR.

Votre bras.....

ANATOLE.

Madame... (*A part.*) C'est une femme.

LE DOMINO NOIR.

Eh bien, monsieur !

ANATOLE, *offrant son bras.*

Avec bien du plaisir. (*A part.*) Jolie taille,
petit pied.... Elle doit être adorable.

LE DOMINO NOIR.

Ne trouvez pas étonnant, monsieur, que, dans un bal masqué, une femme s'empare ainsi de vous.

ANATOLE, *à part.*

Quelle amabilité ! (*Haut.*) Je ne m'en étonne pas, je m'en applaudis.

LE DOMINO NOIR.

Promenons-nous.

ANATOLE.

Oui, madame. (*A part.*) Décidément je suis en bonne fortune.

LE DOMINO NOIR.

J'ai bien des choses à vous dire, allez.

ANATOLE.

Alors je vous écoute avec la plus grande attention.

LE CARNAVAL.

LE DOMINO NOIR.

Vous éprouvez une vive passion.

ANATOLE.

Oui.. ..

LE DOMINO NOIR.

Pour la fille d'un notaire de votre ville.

ANATOLE.

En effet. (*Bas*) D'où diable sait-elle cela?

LE DOMINO NOIR.

Vous êtes dans l'intention d'épouser?

ANATOLE.

A Rouen on est toujours dans cette inten-
tion-là. Et je ferai bien, n'est-ce pas?

LE DOMINO NOIR.

Du tout, mon cher.

ANATOLE, *vivement.*

Pourquoi donc?

LE DOMINO NOIR.

Par la raison toute simple que vous n'êtes
pas aimé.

ANATOLE.

Pas possible !

LE DOMINO NOIR.

Écoutez : dans ce moment on est à la recherche de la jeune personne ; elle s'est laissé
enlever par un sous-lieutenant du 11ᵉ régi-
ment de la ligne.

ANATOLE.

Qu'entends-je ? (*A part.*) Non, cela ne
se peut pas..... On veut me faire peur avant
la noce... Eh ! mais, j'y songe.... si c'était une
des amies de ma future, ou ma future elle-
même, qui voulût m'éprouver..... O ma So-
phie ! la ruse serait bien jolie ; mais je puis
m'assurer de la vérité en faisant une bonne
malice.... Dénouons les cordons du masque.

(Il fait ce qu'il dit.)

LE DOMINO NOIR.

Que faites-vous ?

(Le masque tombe, le domino se sauve.)

ANATOLE, *qui a vu sa figure.*

Un homme !.... (*Avec colère.*) Au diable le bal de l'Opéra !

SCÈNE III.

Le bal de l'Odéon.

ANATOLE, UN DOMINO ROSE, ETC.

(On entend ces mots de temps en temps : *Oh! eh! volaille.*)

ANATOLE.

C'est plus gai, mais ce n'est pas une si belle société qu'à l'Opéra.

UN DOMINO ROSE, *à Anotole.*

Je te connais, jeune homme.

ANATOLE.

Moi!.... je le veux bien. Et as-tu bien des choses à me dire aussi, toi?

LE DOMINO ROSE.

Certainement....... Mais avant tu vas me payer à souper.

ANATOLE, *à part.*

C'est un homme, il n'y a pas de doute.

LE DOMINO ROSE.

Eh bien!

ANATOLE.

Eh bien! soit.... j'y consens. (*Bas.*) Mon ami Julien m'a bien recommandé de ne pas être ladre ; et puis, avec une petite libéralité, je vais peut-être me faire encore un ami.

(Ils s'approchent d'une table, se font servir à souper. Le domino rose ne fait que manger et ne parle pas du tout.)

ANATOLE, *bas.*

Voilà le repas qui tire à sa fin, je n'en ai pas eu beaucoup, toujours.... Mais j'en serai quitte pour une pièce de cinq francs au plus. (*Il appelle.*) Garçon !

UN GARÇON.

Voilà, monsieur.

ANATOLE.

Combien dois-je ?

LE GARÇON.

Vingt-cinq francs.

ANATOLE, *bas.*

C'est plus que je ne croyais... (*Au garçon.*) Cela me semble bien cher.

LE GARÇON.

Ici, voyez-vous, c'est comme chez un notaire, on ne marchande jamais.

ANATOLE.

Payons donc.

(Il paie et quitte la table avec le domino rose.)

LE DOMINO ROSE.

Tu t'es bien conduit, et si tu veux maintenant nous allons monter aux petites loges.

ANATOLE.

Aux petites loges...... Ah! je sais ce que
cela veut dire.... on m'a prévenu. (*A part.*)
Je commence à croire que ce n'est pas un
homme..... Eh! ma foi, si c'est ce que je
pense à présent, je ne me plaindrai pas du
bal de l'Odéon.

SCÈNE IV.

PLUSIEURS JOURS APRÈS.

Une chambre de garçon.

ANATOLE, JULIEN.

JULIEN.

On te voit enfin ; c'est heureux. Qu'es-tu
donc devenu depuis le mardi gras ?

ANATOLE.

J'ai gardé la chambre, et ma première sor-
tie est pour venir te remercier de tout ce que
je te dois.

JULIEN.

A moi ! que veux-tu dire ?

ANATOLE.

Je me souviendrai long-temps du carnaval

de 1829 ; tu m'as conduit à l'Opéra, où j'ai été mystifié par un homme.....

JULIEN.

Au lieu de l'être par une femme..... Cent pour cent de gagné !

ANATOLE.

Tu m'as abandonné à l'Odéon, où j'ai été pillé par un domino rose.

JULIEN.

Un souper... bagatelle.

ANATOLE.

Ce n'est pas tout, tiens....

(Il lui donne un papier.)

JULIEN, *lisant*.

Que vois-je? une ordonnance de médecin ! quelle complication !

ANATOLE, *souffrant*.

Ah !...... comme c'est amusant le carnaval !

LE

NOTAIRE.

Minima Magno.
***

PERSONNAGES.

NAPOLÉON.

UN CHAMBELLAN.

UN NOTAIRE.

UN PRINCE SUÉDOIS.

LE
NOTAIRE.

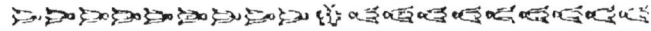

SCÈNE I.

Un salon de l'empereur.

NAPOLÉON, UN CHAMBELLAN, puis LE NOTAIRE.

NAPOLÉON, *au chambellan.*

Je veux qu'on me les présente ce matin.

LE CHAMBELLAN, *qui va sortir.*

Oui, sire.

NAPOLÉON.

Attendez... qu'on prépare de la bouillie...
vous l'apporterez vous-même.... allez.

LE CHAMBELLAN.

Oui, sire.

(Il sort.)

NAPOLÉON.

Une femme accoucher de trois garçons, cela se voit rarement; un jour, ça fera trois soldats.... J'entends du bruit... c'est le père... entrez, monsieur.

LE NOTAIRE, *portant trois enfants nouveau-nés.*

Ah! sire, quel bonheur pour moi d'attirer les regards du plus grand homme!...

NAPOLÉON, *l'interrompant.*

Vous n'êtes pour rien là-dedans; ce sont vos trois garçons que je veux voir. (*Il les examine.*) Ils ont bonne mine.

LE NOTAIRE.

Sire, ils seront un jour tout au service de votre majesté.

NAPOLÉON.

Je l'entends bien ainsi.... Quant à vous,
vous êtes notaire, dit-on?

LE NOTAIRE.

Oui, sire... j'ai une petite étude.

NAPOLÉON.

Eh bien... je penserai peut-être à vous.

LE NOTAIRE.

Ah! sire... comment vous exprimer....

NAPOLÉON.

C'est bien... (*Entre le chambellan, tenant un plat de vermeil dans lequel il y a
de la bouillie.*) (*Au notaire.*) Y a-t-il long-
temps qu'ils n'ont mangé, vos enfants?

LE NOTAIRE.

Sire... ils sont à jeun.

NAPOLÉON.

Cela se trouve bien... ils vont goûter de cette bouillie...... et moi-même je veux.....

(Il fait avaler de la bouillie aux trois enfants.)

LE NOTAIRE.

Que ne peuvent-ils comprendre leur bonheur !

(Les enfants crient.)

NAPOLÉON, *souriant*.

Leur bonheur les fait crier....

(Il fait encore avaler de la bouillie aux enfants.)

LE NOTAIRE.

Ah! si leur mère était là.... quelle joie ! quel transport!

NAPOLÉON.

Assez.... allez les montrer à Joséphine.

LE NOTAIRE, *s'inclinant*.

Oui , sire...　(Il sort avec ses trois enfants.)

NAPOLÉON.

Si toutes les Françaises en avaient fait
autant que sa femme, il y a dix-huit ans,
quelle nombreuse armée j'aurais aujourd'hui !

SCÈNE II.

UN AN APRÈS.

Le cabinet de travail du notaire.

LE NOTAIRE, *à son bureau.*

Voilà un acte important. Le droit d'enregistrement serait considérable... et il faudrait
tâcher de l'éviter. J'ai dit à mon étude que
je me chargeais... Oui, je vais... qui pourrait
me soupçonner ? (*Écrivant.*) Enregistré à
Paris, le 7 avril 1807, folio 126, verso, cases
première, deuxième et troisième ; reçu 4,400
francs, dixième compris. Quant à la signature

de l'enregistreur... (*il signe*) la voilà; bien...
(*On frappe à sa porte, il se lève.*) Voici
quelqu'un... cachons l'acte, jusqu'à nouvel
ordre... et ôtons le verrou.

SCÈNE III.

DEUX ANS APRÈS.

Une petite boutique d'écrivain public rue de Ri-
voli.

L'ÉCRIVAIN, puis UN PRINCE SUÉDOIS.

L'ÉCRIVAIN.

Le notaire impérial est donc devenu écrivain public!... c'est un peu déroger.... mais
dois-je me plaindre ? Non... je dois me trouver encore bien heureux.... On découvrit
bientôt le faux que j'avais fait.... J'allais être

condamné... mes trois enfants et l'impératrice obtinrent ma grâce : l'empereur attendri ordonna que l'on fermât les yeux sur ce diable d'enregistrement.... Je fus coupable, il est vrai, mais mon repentir a été sincère; et certe, à présent, on ne m'y reprendrait plus.... travaillons...

(Il écrit.)

LE PRINCE SUÉDOIS, *entrant.*

Vite... de l'encre... du papier.

L'ÉCRIVAIN, *lui offrant sa place.*

Veuillez vous mettre sur ce tabouret. (*Le prince s'assied et écrit vivement.*) (*A part.*) Il m'a l'air d'un prince étranger. Pourquoi donc écrire si précipitamment? (*Il lit adroitement.*) C'est une requête à sa majesté l'empereur des Français... Sa demande est raisonnable... Ah ! mon Dieu ! quel style ! être prince et mettre si mal l'orthographe..... écrire *hospices* pour *auspices !*

(Il sourit.)

LE PRINCE.

Qu'avez-vous à sourire ?

L'ÉCRIVAIN.

Moi, monseigneur !

LE PRINCE.

Est-ce que cette requête n'est pas bien rédigée ?

L'ÉCRIVAIN.

Mais....

LE PRINCE.

Parlez-moi franchement.

L'ÉCRIVAIN.

Eh bien, monseigneur, il me semble que ce n'est pas très-correct, et même....

LE PRINCE.

Je vous comprends.... Mettez-vous à ma place et recommencez.

L'ÉCRIVAIN.

Il me semble, monseigneur...

LE PRINCE.

Il ne doit rien vous sembler, je suis pressé...
voici l'affaire en deux mots....

L'ÉCRIVAIN.

Ne vous donnez pas la peine de me l'expli-
quer ; j'ai vu tout de suite ce dont il s'agis-
sait.   (Il écrit.)

LE PRINCE.

A la bonne heure... (*A part.*) Cet homme
n'est pas un sot... (*Il regarde.*) Il s'y prend
même très-bien.... quelle élégance ! avoir du
talent et être si misérable.... Je vais le bien
payer, et si par hasard j'obtiens ce que je
désire, je ne m'en tiendrai pas là.

L'ÉCRIVAIN, *lui remettant le papier sur*
lequel il a écrit.

Voici votre requête.

LE PRINCE, *lui donnant deux pièces d'or.*

Voilà votre salaire.

L'ÉCRIVAIN, *surpris.*

Quatre-vingts francs !

LE PRINCE.

Rendons-nous vite au château des Tuileries.

(Il sort.)

L'ÉCRIVAIN.

Voilà quatre-vingts francs gagnés en peu de temps... c'est une raison de plus pour redoubler d'ardeur... Écrivons. (*Il écrit.*) Encore un vaudeville de Barré, Radet et Desfontaines... il m'amuse beaucoup celui-là.... J'espère bien avoir un billet pour la première représentation.... Air : *Le beau temps après l'orage...* Il me plaisait ce prince étranger... je ne le reverrai peut-être jamais....

LE PRINCE, *revenant.*

(Vivement.)

Mon ami, mon ami ! non-seulement j'ai obtenu tout ce que je voulais, mais encore l'empereur m'a serré la main, et tout cela grâce à vous, grâce à votre style....

L'ÉCRIVAIN.

Je m'estime heureux....

LE PRINCE.

Que puis-je faire pour vous ? voulez-vous être mon secrétaire ?

L'ÉCRIVAIN, *étourdi.*

J'étais loin de m'attendre à une telle proposition.

LE PRINCE, *vivement.*

Voulez-vous être mon secrétaire ?

L'ÉCRIVAIN.

Mais, monseigneur, je vous ferai observer d'abord que j'ai une femme, trois enfants.... trois Napoléon.

LE PRINCE.

Où sont-ils ?

L'ÉCRIVAIN.

En province.

LE PRINCE.

Nous allons les faire venir. Ils accompagne-
ront en Suède mon secrétaire, dont les ap-
pointements sont de six mille francs.

LE

BIBLIOPHILE.

Un bon livre est un ami.

...

PERSONNAGES.

LE BIBLIOPHILE.
UN LIBRAIRE.
UN BOUQUINISTE

LE
BIBLIOPHILE.

SCÈNE I.

Une chambre remplie de livres.

LE BIBLIOPHILE, *examinant trois volumes in-8° reliés en veau dorés sur tranche.*

Ducis ! Ducis ! c'est un auteur estimable, sans doute... mais il ne rime pas très-bien... et puis, ce n'est pas un poète créateur ; c'est toujours Shakspeare rapetissé !.... Allons, il ne faut pas tenir beaucoup à ses œuvres, quoique l'édition ne soit pas mauvaise... beau papier.. belle impression.. n'importe.. On m'a parlé du *Chant du Sacre* comme d'un chef-d'œuvre de typographie, et je veux voir si, par

3

un heureux échange, je pourrais obtenir ce poème moderne, avec d'autres ouvrages bien entendu... Mais voici l'heure du déjeûner... je n'en ferai pas aujourd'hui ; pour un biblio-phile, un livre nouveau, une belle impression doivent passer avant tout.

(Il sort.)

SCÈNE II.

Une boutique de libraire.

LE LIBRAIRE, puis LE BIBLIOPHILE.

LE LIBRAIRE.

On se plaint toujours dans notre partie, et cependant moi je dis que ça ne va pas trop mal... je viens d'acheter, à vingt sous le vo-lume, le restant des belles éditions de ce pauvre *Dalibon* ; j'espère bien en retirer 3 fr. au moins.

LE BIBLIOPHILE, *entrant.*

Monsieur, je vous salue.

LE LIBRAIRE.

Monsieur, que désirez-vous?

LE BIBLIOPHILE, *lui donnant son Ducis.*

Voici les œuvres de Ducis en très-bon état, je désirerais m'en défaire.

LE LIBRAIRE, *examinant les livres.*

Ducis !... rococo... au surplus, j'en ai déjà ici plusieurs exemplaires.

LE BIBLIOPHILE.

Un de plus ne vous fera pas de mal.

LE LIBRAIRE.

Combien en voulez-vous?

LE BIBLIOPHILE.

Ça m'a coûté trente francs, je vous en demande vingt.

LE LIBRAIRE, *souriant.*

Ah ! vingt francs !...

LE BIBLIOPHILE.

La reliure est très-belle.

LE LIBRAIRE.

Un livre relié qu'on nous vend a moins de prix pour nous qu'un broché.

LE BIBLIOPHILE.

C'est possible... mais combien m'en donnez-vous ?

LE LIBRAIRE.

Ma foi, parce que c'est vous, j'en donne dix francs.

LE BIBLIOPHILE, *bas.*

Le *Chant du Sacre* coûte quatre francs... il me restera six francs....... (*Haut.*) Allons, prenez......

LE LIBRAIRE, *à part.*

Il consent si facilement. .. Ah! si j'avais su! (*Haut.*) Monsieur, voici vos dix francs.

(Il les lui donne.)

LE BIBLIOPHILE.

Courons acheter le *Chant du Sacre* chez l'éditeur.

(Il sort.)

LE LIBRAIRE.

Ces volumes sont très-bien conservés, et je les vendrai au moins vingt-cinq francs.

SCÈNE III.

La chambre du bibliophile.

LE BIBLIOPHILE, *tenant le* Chant du Sacre *et les* Chants des Matelots grecs.

Je ne regrette pas mon Ducis, j'ai à sa place deux bons ouvrages.... le premier, sur-

tout, a une impression, un papier ! (*Il s'assied.
Coupant le* Chant du Sacre.) Il faut le couper
avec le plus grand soin..... Ah ! mon Dieu !..
je viens de déchirer une page presqu'en entier.
Quel malheur !... Mais, tout n'est pas perdu ;
il me reste là un peu de colle, je vais m'en
servir, et appliquer un morceau de papier sur
la page que je viens d'endommager..... Peut-
être le mal sera-t-il réparé. (*Il fait ce qu'il
vient de dire.*) C'est arrangé autant bien que
possible. (*Il regarde attentivement la page,
ferme le volume, puis l'ouvre.*) Laissons-le
sécher... (*Il le place sur une table.*) Voyons
donc encore une fois. (*Il ouvre le volume.*)
Non, décidément... ce n'est pas bien comme
cela..., ça ferait toujours mauvais effet.... et,
ma foi....... (*Il déchire le papier qu'il a
collé et la page.*) Vite, un autre exemplaire.

(Il sort.)

SCÈNE IV.

TROIS JOURS APRÈS.

Le quai aux Fleurs.

UN BOUQUINISTE, puis LE BIBLIOPHILE.

LE BOUQUINISTE, *rangeant ses livres sur le parapet.*

Comme la bonne librairie baisse chaque jour ! J'ai beau vendre en conscience, je m'enfonce.

LE BIBLIOPHILE , *arrivant.*

Je ne suis pas venu sur ce quai depuis quelque temps. Je méditais, sans trop l'admirer, mon second exemplaire du *Chant du Sacre*..... Toujours à quatre francs..... Examinons bien l'étalage de ce brave homme ; j'y ai souvent trouvé de belles et bonnes choses.

(*Au bouquiniste.*) Eh bien ! quoi de nouveau en fait de vieux livres ?

LE BOUQUINISTE.

Regardez, monsieur.

(Il désigne son étalage.)

LE BIBLIOPHILE.

Grand Dieu ! que vois-je ? livres à dix sous : *le Chant du Sacre, Chants des Matelots grecs, Joséphine, la Vision, Hymne à sainte Geneviève, la Fiancée de Bénarès.* (*Avec regret.*) O mon Ducis !

———

LA PARTIE

DE CAMPAGNE.

Les plaisirs des champs
Sont charmants.

THÉAULON.

PERSONNAGES.

UN BOURGEOIS.

SA FEMME.

UN JEUNE HOMME.

ROSINE.

Foule.

LA PARTIE
DE CAMPAGNE.

SCÈNE I.

Un petit salon.

LE BOURGEOIS, SA FEMME.

LE BOURGEOIS.

Dis donc, ma femme, le ciel est tout bleu...
quel beau dimanche nous allons avoir !

LA FEMME.

Oui... si la journée finit comme elle a com-
mencé.

LE BOURGEOIS.

Le bois de Romainville va-t-il être agréable !... hein, madame Bernard ?

LA FEMME, *froidement.*

Il me semble, mon cher époux, que celui de Vincennes le serait autant.

LE BOURGEOIS.

D'accord, madame, mais vous connaissez le refrain relativement à Romainville.

Ces bois charmants,
Pour les amants,
Offrent mille agréments.

LA FEMME.

Ce refrain-là n'a pas été fait pour ceux qui, comme nous, sont mariés depuis vingt ans.

LE BOURGEOIS.

C'est vrai.... mais l'aspect de la verdure me ragaillardit, moi, et....

LA FEMME.

Et... il n'y a pas de danger.

LE BOURGEOIS.

Vous dites cela.... eh bien ! nous verrons...
madame Bernard... ma tendre moitié.

(Il lui prend la taille.)

LA FEMME.

Allons... pas de bêtises.

LE BOURGEOIS.

Des bêtises ! quel mal y a-t-il donc à être
galant avec sa femme, le dimanche ?

LA FEMME.

C'est assez.... l'heure se passe, et je suis
sûre qu'il n'y aura plus de place dans vos
citadines.

LE BOURGEOIS.

Partons, madame, je suis prêt.

LA FEMME.

Et moi donc, je n'ai plus que mon chapeau
à mettre.

LE BOURGEOIS.

Moi, je suis coiffé depuis long-temps.

LA FEMME.

Je le sais bien.

SCÈNE II.

La place des Petits-Pères.

UN JEUNE HOMME, ROSINE, LE BOUR-GEOIS, SA FEMME, FOULE.

LE JEUNE HOMME.

Réponds, Rosine, cela te fait-il plaisir d'aller dîner à Belleville?

ROSINE.

Oui, mon ami... d'abord, là, nous ne serons vus par personne de connaissance, et puis je sais qu'en cet endroit on dépense peu d'argent; cela me tranquillise pour toi.

LE JEUNE HOMME.

Tu es bien aimable de parler ainsi !

ROSINE, *tendrement.*

Jules... c'est que je t'aime.

LE JEUNE HOMME.

Et moi donc !

ROSINE, *souriant.*

Je ne juge pas de ton amour par les dépenses que tu pourrais faire pour moi.

LE BOURGEOIS.

Dieu ! que de monde !

LA FEMME.

Vous m'avez dit que la voiture ne contenait que quatorze personnes... comment fera-t-on ?

LE BOURGEOIS.

Il viendra, sans doute, plusieurs citadines à la fois.

LA FEMME.

Il faut l'espérer... il ne s'agit donc plus que d'attendre....

(On attend trois quarts d'heure.)

TOUT LE MONDE.

Voilà la citadine ! voilà la citadine !

(Une citadine paraît ; chacun se dispute pour monter dedans ; on ne donne pas le temps de descendre à ceux qui arrivent.)

On entend ces mots :

Prenez donc garde, il y a des enfants. A-t-on jamais vu ! pourquoi donc n'y a-t-il pas un gendarme ici ?

LA FEMME.

Faut-il qu'un homme soit effronté !

LE BOURGEOIS.

Tiens, ma femme, renonçons-y ; allons prendre un fiacre à côté de la Banque.

LA FEMME.

Oui... s'il y en a à présent.

UN MONSIEUR.

Si monsieur et madame le veulent, ma femme et moi nous irons avec eux.

LE BOURGEOIS.

Monsieur... (*A sa femme.*) Qu'en dis-tu, bobonne ?

LA FEMME.

Comment donc... mais avec grand plaisir. (*A part.*) Quelle scie d'aller avec des gens qu'on ne connaît pas !

UNE DAME, *portant un petit chien.*

Voulez-vous que nous complétions la voi-

2

ture, moi et mon chien?... Ils ne répondent pas... Oh ! les gens du dimanche !

SCÈNE III.

La place du Caire.

UN MONSIEUR, UNE DAME, puis LE BOURGEOIS, SA FEMME, UN COCHER, FOULE ATTENDANT LA VOITURE DE BELLEVILLE.

UNE DAME.

C'est bien embêtant d'attendre comme ça !

LE MONSIEUR.

Ne t'impatiente pas, ma chère amie.

LA DAME.

Votre chère amie !... vous êtes gentil.... Vous ne pouviez pas prendre une *berline du Delta* ?

LE MONSIEUR.

Et mes finances ?

LA DAME.

Ah ! bah !... est-ce qu'on doit regarder à l'argent?... Vous ne m'aimez plus, je le vois bien.

LE BOURGEOIS, *sortant du café avec sa femme.*

Voici bientôt deux heures et demie... guettons l'arrivée du char-à-banc.

LA FEMME.

Oui.... et ne le manquons pas... C'est heureux qu'après n'avoir eu ni citadine ni fiacre, nous ayons trouvé ici ce que nous voulions.

LE BOURGEOIS.

Certes... aussi je me suis fait inscrire tout de suite : M. Bernard, deux places.

LA FEMME.

Vous avez eu raison, je pense.

LE BOURGEOIS, *à part.*

Je crois que la maîtresse du café m'a fait payer trois places pour deux... mais, chut! taisons-nous; je suis trop content à présent pour rien réclamer.

TOUT LE MONDE.

Voilà la voiture! voilà la voiture!

LE BOURGEOIS.

Elle est exacte à l'heure; c'est quelque chose.

LA FEMME.

Oui... pourvu que ce ne soit pas tout.

(Arrive une voiture de six places.)

LE COCHER.

Messieurs et mesdames, j'ai quelque chose à vous apprendre; c'est que... voyez-vous, il vient d'arriver un malheur; une roue du char-à-banc s'est cassée.... alors il faut la raccommoder, et ledit char-à-banc n'arrivera qu'à cinq heures au plus tôt.

Tous ceux qui ne montent pas dans la voiture à six places disent :

C'est affreux! c'est une abomination! Rendez-nous notre argent. Je me plaindrai dans les journaux. J'écrirai à M. de Belleyme.

SCÈNE IV.

Un bosquet des *Vendanges de Bourgogne*, faubourg du Temple.

LE BOURGEOIS ET SA FEMME, *à table.*

LE BOURGEOIS.

Eh bien, madame Bernard, on ne dîne pas mal aux vendanges de Bourgogne?

LA FEMME.

Laissez donc, il n'y a que le vin de bon.

LE BOURGEOIS.

C'est quelque chose.

LA FEMME.

Oui... pour un ivrogne... le reste n'est pas fameux.... et puis une odeur!... Ah! *la mauvaise air !*

LE BOURGEOIS.

Ce n'est pas ma faute... mais écoute : après le dîner nous irons respirer le frais le long du canal ; là nous aurons une allée de petits arbres qui valent bien ceux de Romainville, et nous ferons encore souvent, comme aujourd'hui, de jolies parties de campagne.... sans sortir de Paris.

L'INTERDIT.

Le monde est plein de gens qui ne sont pas plus sages.

LA FONTAINE.

PERSONNAGES.

UN JEUNE HOMME.

SON ONCLE.

SA TANTE.

L'INTERDIT.

SCÈNE I.

Un salon.

UN JEUNE HOMME, L'ONCLE, LA TANTE.

LE JEUNE HOMME.

Mais, mon oncle !

L'ONCLE.

Non, monsieur.

LE JEUNE HOMME.

Mais, ma tante !

LA TANTE.

C'est impossible.

LE JEUNE HOMME, *d'un ton tragi-comique.*

Eh quoi ! ne voulez-vous jamais lever l'interdiction qui pèse sur ma tête ?

L'ONCLE.

Mon neveu, ne nous pressez pas davantage.

LA TANTE.

C'est un point résolu.

LE JEUNE HOMME.

Et quel motif vous porte à me traiter ainsi ?

L'ONCLE.

Écoute... je suis juste, moi, et j'avoue ici que depuis quelque temps tu te conduis assez bien ; je suis persuadé qu'à présent tu n'aurais plus recours aux usuriers modernes....

LE JEUNE HOMME.

Eh bien, alors...

L'ONCLE.

Oui... mais tu es jeune... tu pourrais tomber dans un autre précipice... Ah ! si tu avais nos âges... cinquante ans d'un côté et soixante de l'autre...

LA TANTE.

Nous n'aurions rien à craindre. ..

L'ONCLE.

Sais-tu qu'il n'y a rien à reprendre dans ma conduite ?

LE JEUNE HOMME.

Mon oncle... je ne vous dis pas....

LA TANTE.

On ne peut critiquer ma manière de vivre.

LE JEUNE HOMME.

Assurément, ma tante.

L'ONCLE.

Il ne s'agit donc, mon ami, que d'avoir de la patience.

LE JEUNE HOMME, *bas.*

Beaucoup de patience. (*Haut.*) Je vous remercie, mes excellents parents. (*A part.*) Il n'y a pas moyen de faire autrement, résignons-nous. (*Haut*). Mon oncle, ma tante, j'ai bien l'honneur...

(Il s'incline.)

SCÈNE II.

Un atelier de couturières.

OUVRIÈRES, *travaillant*, PUIS LA COUTURIÈRE, L'ONCLE.

UNE OUVRIÈRE.

Dites donc, mesdemoiselles, on attend après la robe que je fais.

LES AUTRES.

Après la nôtre aussi...

L'OUVRIÈRE.

Ce n'est pas la peine de nous presser....
reposons-nous un peu comme nous avons fait
il y a cinq minutes.

LES AUTRES.

Bien dit, bien dit.

(Elles se reposent.)

L'OUVRIÈRE.

Nous disions donc, mesdemoiselles, qu'une
couturière qui se respecte ne pouvait plus se
permettre d'aller le dimanche dans un jardin
public.

UNE AUTRE.

Certainement. Tivoli, la Chaumière, le
Vauxhall... c'est bon pour les marchandes de
modes... ainsi...

L'OUVRIÈRE.

Ainsi nous ne devons fréquenter que les environs de Paris...

L'AUTRE.

Oui... le bois de Boulogne, Saint-Cloud, Montmorency.

L'OUVRIÈRE.

Voici madame...

L'AUTRE.

Ou mademoiselle.... à l'ouvrage.

(Elles travaillent.)

LA COUTURIÈRE, *entrant.*

C'est bien, mesdemoiselles ; je vois avec plaisir que vous travaillez toujours sans relâche.

L'OUVRIÈRE.

C'est trop juste... madame nous paie assez bien.

LA COUTURIÈRE, *bas*.

Oui, c'est vrai... loin d'imiter les lingères,
je paie, moi... mais franchement, si je ne fai-
sais que des robes... ça n'irait pas si bien.

L'ONCLE, *entrant.*

(*A la couturière.*) Bonjour, belle dame.

LA COUTURIÈRE, *bas*.

Quoi ! c'est vous, monsieur ! que vous êtes
donc désagréable ! Je vous ai cent fois recommandé de venir par le petit escalier, et vous
passez toujours par l'atelier.

L'ONCLE, *bas*.

Allons.... j'ai des torts, j'en conviens....
mais passons dans votre boudoir.... et vous
ne bouderez plus.

LA COUTURIÈRE.

Non, monsieur... je ne veux pas aujour-
d'hui.

L'INTERDIT.

L'ONCLE, *bas.*

Je vous apporte un collier de perles.

LA COUTURIÈRE.

Ah ! c'est différent.... je suis tout à vous.

(Elle sort avec lui.)

L'OUVRIÈRE.

Être jolie comme elle et avoir choisi un vieil oncle comme lui ! quelle folie !

L'AUTRE.

Va, c'est le vieil oncle qui est le plus fou.

SCÈNE III.

Un salon rose appartenant à la tante.

UN PETIT JEUNE HOMME, puis LA TANTE.

LE PETIT JEUNE HOMME, *assis.*

Quel bonheur pour moi d'avoir plu à cette antique demoiselle ! mes affaires étaient dérangées.... mais, grâce à ma passion, je suis aujourd'hui courtier marron, et presque considéré dans les maisons de banque où je vais le matin offrir mes valeurs... Me voilà sur la route de la fortune ; ce que c'est que d'être bel homme !.... On vient, c'est ma déesse. (Il se lève.)

LA TANTE.

Je vous ai fait attendre, mon ami... mon cher ami... mais on va tâcher de vous en dédommager... venez.

5

LE PETIT JEUNE HOMME.

Nous ne restons pas dans ce salon?

LA TANTE.

On est bien mieux dans ma chambre....
Venez donc.

LE PETIT JEUNE HOMME, *bas.*

Elle y tient... au fait... elle paie pour ça.

SCÈNE IV.

Une mansarde.

L'INTERDIT, UN HOMME *couvert de hail-
lons cherche à consoler deux petits enfants qui crient :* Du pain ! du pain !

L'HOMME.

Hélas!... je n'en ai pas.... (*Les enfants*

tombent.) Pauvres petits ! ils mourront de faim à mes yeux... et moi, je ne leur survivrai pas long-temps.

L'INTERDIT, *arrivant.*

Ah ! quel spectacle !

L'HOMME.

Qui que vous soyez, ayez pitié de nous.

L'INTERDIT.

Je connais vos malheurs... ils ne sont pas mérités.... Voici le plus pressé.

(Il leur offre du pain et du vin qu'il a apportés.

L'HOMME.

Mes enfants... tenez... tenez.

L'INTERDIT, *présentant une bourse.*

Cet or vous sera utile après.

LE PÈRE.

Homme généreux !

L'INTERDIT, *bas.*

Grâce à de légers secours, comme il paraît heureux ! C'est mon ouvrage à moi.... qui toutefois suis interdit.

LES OMNIBUS.

On y mont'ra toujours.

BRAZIER.

PERSONNAGES.

UN CLERC D'AVOUÉ.
UNE GRISETTE.

LES OMNIBUS.

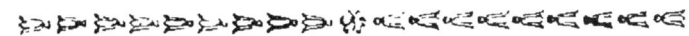

SCÈNE I.

Une rue.

UN CLERC, UNE GRISETTE.

LE CLERC.

Ne t'impatiente pas, Henriette.

LA GRISETTE.

Je ne m'impatiente pas, je suis avec toi.

LE CLERC.

L'omnibus va bientôt passer.

LA GRISETTE.

Sais-tu que c'est bien commode, ces nou-
velles voitures-là !

LE CLERC.

Je crois bien... tiens, par exemple, en ce moment, nous voulons aller aux Champs-Élysées, nous en sommes éloignés, n'est-ce pas? Eh bien, dans dix minutes au plus, pour cinq sous chacun, nous allons nous y trouver, sans la moindre fatigue.

LA GRISETTE.

C'est joliment agréable.

LE CLERC.

Oui... pour la bourse et les jambes.

LA GRISETTE.

Et *omnibus* est un mot latin, m'as-tu dit, qui signifie...?

LE CLERC.

Pour tout le monde... Ainsi, tu conçois la colère d'une femme qu'on appelle omnibus... Mais, vois ce que c'est que de parler d'une chose... voilà la voiture en question... Cocher, arrêtez.

(Passe une omnibus qui s'arrête ; le clerc et la grisette montent dans la voiture qui roule.)

SCÈNE II.

L'intérieur de l'omnibus.

LE CLERC, LA GRISETTE, LE CONDUC-TEUR, HOMMES, FEMMES.

LA GRISETTE.

Dis donc, que de monde, mon ami !

LE CLERC.

C'est vrai... et cependant il y a encore de la place pour deux personnes... nous ne sommes que dix-huit.

LA GRISETTE.

Laisse donc... cela ne se peut pas... on sera trop pressé... on étouffera.

LE CLERC.

Ça, c'est une petite considération pour l'administration libérale des omnibus.

LA GRISETTE.

Ah bien...! ce n'est déjà plus aussi agréable.

LE CONDUCTEUR, *au clerc.*

Vos cinq sous, monsieur?

LE CLERC, *payant.*

En voici dix pour deux personnes, mademoiselle et moi.

(Il désigne la grisette.)

LE CONDUCTEUR.

Merci, monsieur... Les autres, dans le fond, s'il vous plaît.

(On le paie.)

LE CLERC.

Il faut que tout le monde paie ici..... Ah !
mon Dieu !

LA GRISETTE.

Qu'as-tu donc ?

LE CLERC.

Vois-tu ce monsieur qui est dans la rue , et
qui se dispose à monter ?

LA GRISETTE.

Oui..... Eh bien ?

LE CLERC.

Eh bien , Henriette, c'est mon père... s'il
me voit avec toi, tout est perdu.

LA GRISETTE.

Que faire ?

LE CLERC.

Il ne s'agit pas de perdre la tête... Écoute...
je vais me cacher la figure, et tâcher de des-

cendre de l'omnibus, sans être reconnu... Tu me rejoindras bientôt au passage Choiseul.

LA GRISETTE.

Oui, mon ami; prends bien garde.

(L'omnibus s'arrête; le père du clerc monte, et le fils descend sans être reconnu de lui.)

SCÈNE III.

L'intérieur d'une autre omnibus.

LA MÈRE DE LA GRISETTE, HOMMES, FEMMES.

LA MÈRE.

Que diable peut faire ma fille à présent..... cette hardie pièce! Je l'ai attendue inutilement à la maison... Ma foi, j'ai pris le parti d'aller la chercher à son magasin de fleurs artificiel-les... pour savoir de quoi il retourne...

UNE VOIX DE LA RUE.

Cocher, y a-t-il de la place?

LA MÈRE.

C'est un jeune homme et sa sœur qui vont monter... Quand je dis sa sœur... Eh ! mais, voilà une robe qui ne m'est pas inconnue..... (*La voiture s'arrête ; la grisette se dispose à monter, mais elle se sauve aussitôt, en disant.*) Julien !... c'est ma mère ! ! !

SCÈNE IV.

Il fait nuit. L'intérieur d'un fiacre qui roule.

LE CLERC, LA GRISETTE.

LE CLERC.

Conviens qu'il n'y a rien de plus désagréable qu'une omnibus.

LA GRISETTE.

A qui le dis-tu !

LE CLERC.

D'abord... c'est mon père qui en prend.

LA GRISETTE.

Et puis, ma mère qui se trouve dedans !. .

LE CLERC.

Un fiacre aura donc toujours la préférence ?

LA GRISETTE.

Sans contredit.

LE CLERC.

On baisse les stores..... on est chez soi.....
par conséquent on peut faire tout ce qu'on
veut.

LA GRISETTE, *souriant.*

C'est vrai, pourtant !

LE CLERC.

Alors. . . . .

. . . .

. . . .

———

LE
PALAIS-ROYAL.

Horresco referens!

VIRGILE.

6.

PERSONNAGES.

UN PÈRE.

SON FILS.

SA FILLE.

LE
PALAIS-ROYAL.

SCÈNE I.

Le Café de la Rotonde.

LE PÈRE, *avec de vieux amis autour d'une table garnie de demi-tasses et de petits verres;* HOMMES ET FEMMES.

LE PÈRE.

Voilà donc toute l'élite de notre endroit réunie à Paris !

UN AMI.

Oui... à peu près.

LE PÈRE.

C'est agréable de se retrouver ainsi *au pavillon de la paix.* (Ils boivent.)

UN HOMME.

Garçon ! une demi-tasse.

UN AUTRE.

Un petit verre.

LE GARÇON.

Voilà ! voilà !

UN AUTRE.

Garçon, combien ?

LE GARÇON.

Douze sous, monsieur.

UNE FEMME.

Et nos glaces?

LE GARÇON.

Tout à l'heure, madame.

L'AMI, *au père.*

A propos... et ton fils, qu'est-ce qu'il fait ?

LE PÈRE.

Mon garçon est toujours chez son vieux notaire.

L'AMI.

Et on est content de lui... hein?

LE PÈRE.

Cela va sans dire... On vante surtout sa délicatesse... sa probité!... Il a souvent entre les mains des sommes considérables, et il rend toujours ses comptes avec une exactitude remarquable.

L'AMI.

Heureux père!

LE PÈRE.

Ah çà, nous avons pris le café et les petits verres... si nous nous promenions un peu dans le jardin!

LES AMIS, *se levant.*

Ça va, ça va.

LE PÈRE.

Mais avant, il faut payer ; cela me regarde.

L'AMI.

Non, c'est moi.

UN AUTRE.

C'est mon affaire.

LE PÈRE.

Cela ne sera pas ainsi.

L'AMI.

Quand je vous dis que je ne saurais souf-
frir...

(Ils finissent par s'accorder pour payer.)

SCÈNE II.

Le numéro 129.

JOUEURS, LE BANQUIER.

UN JOUEUR.

Un verre de bière, monsieur de la chambre.

UN AUTRE.

Un second.

UN AUTRE.

Un troisième, s'il vous plaît.

LE FILS.

Rouge... vingt-cinq fois de suite !... Il ne me reste plus qu'un billet de cinq cents francs, jouons-le d'un seul coup.

LE BANQUIER, *lançant la boule d'ivoire.*

Faites le jeu, messieurs.

LE FILS.

Il n'y a pas de doute que c'est la noire qui va sortir... allons...

LE BANQUIER.

Rien ne va plus...

LE FILS, *qui n'a pas eu le temps de placer son billet.*

Il est trop tard.... malédiction ! C'est la noire...

LE BANQUIER.

Faites le jeu, messieurs.

LE FILS.

Elle va sortir encore, c'est certain. (*Il place son billet sur la noire... c'est la rouge qui sort.*) Rouge !!!.. plus rien... Ah ! malheureux !

(Il sort précipitamment.)

SCÈNE III.

Le jardin. Il fait nuit.

LE FILS, puis **LE PÈRE**, amis, foule.

LE FILS, *en désordre.*

J'ai perdu tout l'argent de mon notaire.... un dépôt sacré!... Je suis déshonoré... que deviendra mon père... quand il saura... Ah ! je ne pourrai plus soutenir ses regards... et cette arme... qui ne me quittait pas... (*Il prend un pistolet dans sa poche, l'arme, et se le tire dans le cœur.*) (*Son dernier mot a été:*) Le jeu !!!

LE PÈRE, *arrivant, suivi de ses amis et de la foule.*

Quel malheur !

L'AMI.

Infortuné jeune homme !

UN HOMME.

C'était un joueur.... j'ai entendu ses derniers mots.

UN AUTRE, *ramassant un porte-feuille.*

Voilà son porte-feuille... Nous allons savoir sans doute...

(Il l'examine.)

LE PÈRE, *le reconnaissant.*

Ce porte-feuille !... Grand Dieu ! (*Il soulève le corps.*) Mon fils !...

Il s'évanouit ; on le soutient.)

SCÈNE IV.

UN AN APRÈS.

Même lieu de scène.

PLUSIEURS FEMMES, puis LE PÈRE.

UNE VIEILLE, *parlant à de jeunes femmes.*

Allons, mes enfants, tâchons que les affaires soient bonnes, à ce soir... depuis sept heures jusqu'à minuit, on a le temps, je crois, de faire bien des choses.

UNE JEUNE FEMME.

Est-elle embêtante, cette vieille-là !

UNE AUTRE.

Elle nous tient toujours le même langage.

UNE TROISIÈME.

Elle ne fait que répéter ce qu'on lui a appris, quand elle était jeune et jolie comme nous.

(Elles se promènent.)

LE PÈRE, *arrivant.*

Comment me trouvé-je en ces lieux!... Voilà un an, à pareil jour, que mon malheureux fils!... Depuis ce fatal événement, je n'ai pas eu un seul instant de bonheur... Ma fille, ma Juliette, qui devait être ma consolation, a suivi un infâme séducteur.... Hélas! qu'est-elle devenue?

UNE DES JEUNES FEMMES, *le prenant par le bras.*

Voulez-vous monter chez moi, monsieur?

LE PÈRE.

Qu'entends-je?... cette voix... Juliette! Ah! je te maud...

(Il ne peut achever, il tombe mort.)

JULIETTE, *avec effroi.*

Mon père !...

(Elle se sauve.)

LE BON TON.

La bière...... boisson populaire. — Je
suis du peuple quand j'ai chaud.

PICARD.

PERSONNAGES.

UN JEUNE HOMME.

SA FEMME.

SON AMI.

UN TAILLEUR.

LE BON TON.

SCÈNE I.

Un salon.

UN JEUNE HOMME, UN TAILLEUR.

LE TAILLEUR, *tenant un habit.*

Voici votre habit, monsieur, que je vous garantis du meilleur goût.

LE JEUNE HOMME.

Je ne dis pas le contraire ; mais la couleur et la forme ne m'en plaisent pas beaucoup.

LE TAILLEUR.

Monsieur plaisante... Si vous vouliez l'essayer...

LE JEUNE HOMME.

Soit.

LE TAILLEUR, *lui passant l'habit.*

Il vous va à ravir.

LE JEUNE HOMME.

Vous trouvez... Il me semble à moi, bien papa, bien lourd.

LE TAILLEUR.

Les gens de bon ton n'en portent pas d'autre à présent.

LE JEUNE HOMME.

Vous êtes sûr?

LE TAILLEUR, *avec emphase.*

Je vous en donne ma parole d'honneur.

LE JEUNE HOMME.

Je dois en croire un tailleur de Paris... et je ne me permets plus d'observation; l'héritage que je viens de faire me met au niveau des gens dont nous parlons, et je dois d'abord avoir un habit pareil à ceux qu'ils portent.

SCÈNE II.

Une salle à manger.

LE JEUNE HOMME, SON AMI, convives.

(Tout le monde est à table.)

LE JEUNE HOMME.

Voilà une table bien garnie... Que de bonnes choses j'aperçois !

L'AMI.

Tais-toi... est-ce qu'on parle jamais ainsi ?

LE JEUNE HOMME.

Où est le mal? Écoute donc, si je fais l'éloge des mets, c'est pour pouvoir y revenir plus naturellement.

L'AMI.

Manger deux fois du même plat !... y penses-tu ! Quoi de plus commun !

LE JEUNE HOMME.

Mais.....

L'AMI.

Un écolier ne se conduirait pas autrement.

LE JEUNE HOMME.

Ainsi, tu ne veux pas que je redemande de ce fricandeau qui est délicieux ?

L'AMI.

Non, homme de bon ton..... tu ne le dois pas..... et ne va pas t'aviser, au dessert, de boire deux fois du champagne.

LE JEUNE HOMME.

Mais, je l'adore, le champagne.

L'AMI.

Si tu en bois plus d'un verre, tu passeras pour avoir les habitudes de la mauvaise compagnie.

SCÈNE III.

Le balcon d'un théâtre.

LE JEUNE HOMME, SON AMI.

(Le rideau n'est pas levé.)

L'AMI.

Te voilà placé comme doit l'être un homme de bon ton... C'est ici qu'on trouve, en fait de société, ce qu'il y a de plus distingué à Paris.

LE JEUNE HOMME.

En effet... j'ai devant moi des personnes que je suppose toutes posséder un air bien comme

il faut... Je te remercie de m'avoir fait prendre un billet de balcon.

L'AMI.

Je te préviens qu'on lève le rideau.

LE JEUNE HOMME, *se penchant pour voir.*

Dis donc, mon ami.

L'AMI.

Qu'est-ce que tu veux?

LE JEUNE HOMME.

Je ne vois rien de ce qui se passe sur la
scène.

L'AMI.

Et moi... crois-tu que je voie quelque chose
du spectacle? on ne se plaint jamais de ça,
c'est d'un provincial!

LE JEUNE HOMME.

Provincial tant que tu voudras; mais j'ai

payé mon billet dix francs, et je ne serais pas
fâché d'en avoir au moins pour la moitié de
mon argent.

L'AMI.

Quel discours ! Ah ! mon ami, je désespère
de toi.

SCÈNE IV.

La chambre de l'ami.

LE JEUNE HOMME, SON AMI.

L'AMI.

Qu'est-ce qui me procure le plaisir de ta
visite?

LE JEUNE HOMME, *avec embarras.*

Mon ami, c'est que... vois-tu...

L'AMI.

Tu parais embarrassé... que signifie?....

LE JEUNE HOMME.

Voici ce dont il s'agit : je vais bientôt me marier, et j'ai quelques dépenses à faire ; je viens donc te prier de me rendre les cinq mille francs que je t'ai prêtés.

L'AMI.

Ah ! qu'est-ce que j'entends là ?

LE JEUNE HOMME.

Comment!.....

L'AMI.

Tu vas te marier... c'est très-bien.... Mais quelle est ta conduite?

LE JEUNE HOMME.

Que veux-tu dire?

L'AMI.

C'était bien la peine de me charger de te former !

LE JEUNE HOMME.

Explique-toi donc, enfin.

L'AMI.

Règle générale : un homme de bon ton prête son argent, quand il en a ; mais il ne réclame jamais rien ; cela sent l'homme d'affaires d'une lieue.

SCÈNE V.

DEUX MOIS APRÈS.

Un salon élégant.

LE JEUNE HOMME, SA JEUNE FEMME.

LE JEUNE HOMME.

Quel bonheur pour moi d'avoir obtenu ta main ! Chaque jour je m'applaudis de ma félicité ! Si l'on doit rendre grâce à un héritage, c'est surtout lorsqu'il nous met dans la possibilité d'offrir notre hommage à une femme aussi digne que toi de le recevoir.

LA FEMME.

Mon ami... crois bien que je réponds aux tendres sentiments que tu me témoignes.

LE JEUNE HOMME.

Qui vient donc nous interrompre? (*Entre l'ami.*) Ah! c'est toi, mon ami!

L'AMI.

Je viens pour notre partie de campagne qui doit avoir lieu aujourd'hui.

LE JEUNE HOMME.

C'est vrai..... j'avais oublié..... Je ne pense qu'à mon Amélie.

LA FEMME, *tendrement.*

Cher Édouard !

(Ils s'embrassent.)

L'AMI.

Vous en êtes encore là... Vous vous aimez toujours... et il y a deux mois que vous êtes mariés... Tout devrait être terminé.

LE JEUNE HOMME.

Je ne pense pas ainsi.

L'AMI.

Et tu as tort... Quoi de plus mesquin, de plus bourgeois, que d'embrasser sa femme ! Ah çà, j'espère qu'aujourd'hui tu te conduiras en homme comme il faut.

LE JEUNE HOMME.

Comment l'entends-tu ?

L'AMI.

Je me fais le cavalier de ta femme... Je la promène partout... Tu ne t'en occupes pas une minute ; et, grâce à moi, tu finis par être tout-à-fait un homme de bon ton.

L'AMOUR
ET LA MISÈRE.

Si jeunesse savait.... .

BEAUMARCHAIS.

PERSONNAGES.

UN JEUNE HOMME.
UNE JEUNE FILLE.

L'AMOUR
ET LA MISÈRE.

SCÈNE I.

Une rue de Paris. Il fait nuit.

UN JEUNE HOMME, UNE JEUNE FILLE.

LE JEUNE HOMME.

Après avoir été, l'un et l'autre, bien exacts
au rendez-vous, nous nous entretenions déli-
cieusement; le temps s'est écoulé rapidement...
la nuit est venue, Clara, et tu ne peux plus
rentrer chez ta mère.

LA JEUNE FILLE.

Comme elle me battrait !

LE JEUNE HOMME.

Pauvre enfant!.... rappelle-toi tout ce que je t'ai dit.... et... ne nous quittons plus.

LA JEUNE FILLE, *avec amour*.

Jules!....

LE JEUNE HOMME.

Je te comprends, Clara.... tu consens..... Cherchons vite un asile.... Mais, avant tout, il nous faut quelque argent.... je n'ai que ma montre.... sois tranquille, dans un instant tu me reverras.

(Il s'éloigne.)

LA JEUNE FILLE.

Je devrais m'opposer à son projet..... mais il m'aime tant! jamais il ne m'abandonnera. . je serai heureuse avec lui.... tandis qu'autre part..... travailler toujours..... des coups souvent..... Non..... c'est un parti pris.... je ne veux plus endurer.... il revient déjà !

LE JEUNE HOMME.

Je n'ai que quatre-vingts francs, c'est tout ce que j'ai pu obtenir...... Toutefois cette somme nous suffira pendant quelque temps; puis, après, de beaux jours luiront peut-être pour nous..... viens.....

LA JEUNE FILLE.

Où me conduis-tu?

LE JEUNE HOMME.

Dans un endroit peu digne de toi, sans doute... mais, puis-je faire autrement? Viens, chère Clara; c'est ton amant qui t'en prie.

LA JEUNE FILLE.

Jules! je m'abandonne à toi.

SCÈNE II.

LE LENDEMAIN MATIN.

Une petite chambre d'un petit hôtel.

LE JEUNE HOMME, LA JEUNE FILLE.

LE JEUNE HOMME.

Je t'aimerai toute ma vie.

LA JEUNE FILLE.

Et moi aussi, va.

LE JEUNE HOMME.

Voilà du café au lait que la servante vient de nous monter, qui a bien bonne mine.

LA JEUNE FILLE.

Prenons garde de le laisser refroidir.

LE JEUNE HOMME.

Tu as raison, Clara, déjeûnons tout de suite. (*Pendant qu'ils déjeûnent.*) Nous avons besoin de ça, n'est-ce pas?

LA JEUNE FILLE, *souriant.*

C'est vrai.... Mais j'y pense, mon ami, ma mère va-t-elle être furieuse! c'est que je ne finirai pas la robe que j'ai commencée.

LE JEUNE HOMME.

Légère considération.... Ah çà, on doit être à notre recherche.

LA JEUNE FILLE.

C'est mon avis.

LE JEUNE HOMME.

Il faut sortir de Paris.

LA JEUNE FILLE.

Oui.... mais où aller, hein?

LE JEUNE HOMME.

Voyons...... où irait-on bien?...... A Versailles....

LA JEUNE FILLE,

Bien dit... je ne connais pas cet endroit-là.

LE JEUNE HOMME.

Nous visiterons le château.

LA JEUNE FILLE.

Ah! oui, je suis curieuse de voir la chapelle.

LE JEUNE HOMME.

Un moment pour terminer notre déjeûner, un moment à l'amour, et en route pour Versailles.

LA JEUNE FILLE.

Attends donc..... il me vient une idée!.... Nous avons de l'argent aujourd'hui, si nous mettions à la loterie!

LE JEUNE HOMME.

Moi... je ne demande pas mieux.

LA JEUNE FILLE.

Ordinairement nous ne prenons que des billets à quatorze sous; mais, vu les fonds, il faut risquer davantage.

LE JEUNE HOMME.

Jouons cinq francs.

LA JEUNE FILLE.

C'est cela.... Et quels numéros?

LE JEUNE HOMME.

Nous en tirerons du sac.

SCÈNE III.

QUELQUES JOURS APRÈS.

Une rue.

LE JEUNE HOMME, LA JEUNE FILLE.

LE JEUNE HOMME.

Nous venons de payer la chambre qui nous a abrités encore cette nuit..... et il ne nous reste plus rien.

LA JEUNE FILLE.

Pourquoi aussi n'avons-nous pas joué l'ambe?..... Deux de nos numéros sont sortis..... mais nous ne devions gagner qu'avec le terne ou le quaterne.

LE JEUNE HOMME.

C'est désolant... Adieu notre voyage en An-

gleterre, adieu l'élégant atelier de couture où
tu devais t'illustrer et nous enrichir.

LA JEUNE FILLE.

Maintenant, Jules, qu'allons-nous deve-
nir?

LE JEUNE HOMME.

Je ne sais, en vérité.... Dis donc, ta mère
ne te recevrait plus?

LA JEUNE FILLE.

Y penses-tu?.... après une telle absence,
si elle m'apercevait, elle me tuerait....

LE JEUNE HOMME.

Hélas!.... et notre mariage est impossible...
d'un côté, une famille opulente; de l'autre,
la pauvreté... O préjugés!

LA JEUNE FILLE.

Mon ami.... nous ne sommes pas loin de
Notre-Dame.

LE JEUNE HOMME.

En effet....

LA JEUNE FILLE.

Allons-y faire notre prière.

LE JEUNE HOMME.

Oui..... nous aurons peut-être après une bonne inspiration.

SCÈNE IV.

Le haut d'une des tours de l'église Notre-Dame.

LE JEUNE HOMME, LA JEUNE FILLE.

LE JEUNE HOMME.

Quelle position misérable!.... Nous avons été obligés de vendre ta bague pour pouvoir monter à cette tour.... Je perds tout espoir.

LA JEUNE FILLE.

Il m'en reste un à moi.

LE JEUNE HOMME, *vivement*.

Quel est-il?

LA JEUNE FILLE.

Celui de mourir ensemble.

LE JEUNE HOMME.

Ah ! Clara....... renonce à cette affreuse idée.

LA JEUNE FILLE.

Il n'est plus temps.... écoute, écris sur ton porte-feuille : *dans le même tombeau.*

LE JEUNE HOMME.

Tu voudrais?..... (*La jeune fille prend son porte-feuille, et écrit précipitamment avec le crayon.*) Non.... Clara.... jamais.... descendons.

LA JEUNE FILLE.

Demeure..... .. Quelle faiblesse pour un homme!.... Jules....... je t'attends.

(Elle se précipite.)

LE JEUNE HOMME, *avec un cri déchirant.*

Ah!..... (*Il regarde.*) Quel spectacle!.... son corps sanglant! et je vis encore!.... (*Il se précipite en prononçant un seul mot.*) Clara!!!....

TABLE.

><0<

—

www.ingramcontent.com/pod-product-compliance
Lightning Source LLC
Chambersburg PA
CBHW060820250626
47162CB00005B/1880